둘리, 행복은 가까이 있어

둘리, 행복은 가까이 있어

아기공룡 둘리 원작

열림원

빙하를 타고 지구에 온 나는
병원에 가서 엑스레이를 찍은 뒤에야
내가 공룡이라는 것을 알게 됐답니다.
당신은 누구인가요?
잠시 멈추어, 마음속에 빛을 밝혀 보세요.
당신의 마음속을 투명하게 들여다보세요.
그러면 당신이 누구인지 보일 거예요.

-아기공룡 둘리

안녕. 둘리예요.

일억 년 전에 태어난 나는

어느 날 우주의 신비로운 초능력을 얻게 됐어요.

나는 홀로 빙하 속에 갇혀 아주 긴 시간 잠들어 있었어요.

다시 깨어난 이후의 세상은 몹시 낯설었어요.

다른 사람들도 나를 낯설어했죠.

영희는 처음에 나를 보고

개천에 버려진 강아지라고 말했어요.

고양이나 너구리로 오해하기도 했지요.

결국 병원에 가 엑스레이까지 찍은 뒤에야

내가 공룡이라는 것을 알게 되었어요.

영희와 가족들이 내가 누구인지 궁금해하는 동안

나는 이 세상이 어떤 곳인지 알아야 했어요.

어쨌든 나는 지금 여기 있으니까요.

사실, 일억 년 전의 나와 지금의 나는

아무것도 달라지지 않았어요.

다만 세상이 달라졌고, 사람들이 낯설 뿐이에요.

다만 아무도 나를 알아보지 못했고,

나 자신조차 내가 누구인지 알지 못했을 뿐이에요.

그럼에도 나는 이곳에서 살게 되었죠.

그리고 중요한 사실 하나를 알게 되었어요.

아주 귀중한 깨달음이었죠.

길동 아저씨와 영희, 철수,

그리고 희농이까지 모두들

사실은 이곳을 어려워하고 낯설어한다는 것을요.

지구에서 태어나 살고 있는 사람에게조차

세상은 쉽지 않아요.

그럼에도 모두가 굳건하게 살고 있죠.

때로 슬프고, 아프고, 외롭지만

또, 때로 즐겁고, 신나고, 행복하게요.

이제 나는 일억 년 후의 이 지구로 온 이유를 알아요.

쉽지 않은 세상에서 살아가고 있는

수많은 우주를 만나기 위해서예요.

또, 나의 우주에 깃든 나만의 빛을

마음껏 발산하기 위해서예요.

우리 모두는 이 세상의 궤도를 도는

하나의 우주였던 거예요.

일억 년 전의 세상에서 온 나,

다른 별에서 온 이방인 도우너,

라스베이거스 서커스단에서 탈출해야만 했던 또치까지.

저마다의 사연과 아픔을 가지고 있지만

우리 모두 스스로 빛을 발할 수 있는 우주였어요.

지금 나는 또 하나의 우주인 당신을 만나고 있어요.

당신에게 지금 이 세상은 많이 낯선가요?

당신에게 지금 이 세상은 너무 어려운가요?

내가 그랬듯 당신도 그런가요?

그렇다면, 잠시 이곳에서 쉬어요.

당신 스스로를 위로하고 사랑하는 시간을 가져요.

이 시간은 틀림없이 내면의 힘이 되어

당신의 빛을 더 밝게 할 거예요.

🧒 스트레스는 우주 밖으로 방출

행복한 우주는 지금 여기에

나른 우주와의 조우

 자존감이 높은 우주

둘리
일억 년 전으로부터
빙하를 타고 지구로
온 아기공룡

도우너
우주여행 중 지구에
불시착한 깐따비야
별의 잘생긴 외계인

또치
라스베이거스
서커스단에서 탈출한
용감한 타조. 고향으로
돌아가는 게 꿈

희동이

둘리를 따라 어디든지
갈 수 있는 막무가내의
용감한 아기

마이콜

래퍼, 개그맨, 가수 등
수시로 꿈이 바뀌는
백수 총각

고길동

겉으로는 식객들을
구박하지만 결국 그들을
먹여살리는 가장

궤도 위의 우주

나는
하나의 우주예요

우리 모두 하나의 우주예요.
어떤 과학 기술로도 만들어 낼 수 없는
복잡하고 아름다운 우주죠.
당신은 당신의 우주에 대해 얼마나 알고 있나요?
당신은 당신의 우주를 얼마나 사랑하고 있나요?

당신이 원하는 것은 무엇인가요?

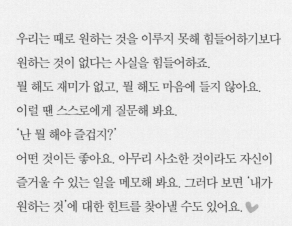

우리는 때로 원하는 것을 이루지 못해 힘들어하기보다
원하는 것이 없다는 사실을 힘들어하죠.
뭘 해도 재미가 없고, 뭘 해도 마음에 들지 않아요.
이럴 땐 스스로에게 질문해 봐요.
'난 뭘 해야 즐겁지?'
어떤 것이든 좋아요. 아무리 사소한 것이라도 자신이
즐거울 수 있는 일을 메모해 봐요. 그러다 보면 '내가
원하는 것'에 대한 힌트를 찾아낼 수도 있어요.

나의 길은
나만이 알고 있어요 ♥

우린 자신이 가야 하는 길의 방향을 이미 알아요.

모르는 것이 아니라 선택을 미루는 거죠.

자신의 선택을 믿어요.

뭘 선택하든 당신의 선택은 옳아요.

나의 길은 나만이 알고 있어요. ♥

가자, 보물 찾으러.

?

안 갈거야. 부자 되기 싫어?

......?

보물섬(島)이 어디 있는데...?

걸어서 갈거야.

우주선이 있어야 겠군.

그렇지. 타임 코스모 타고 가면 되겠다.

......?

고장 났잖아.

수리 해보지 뭐.

비상 식량도 필요하고...

비상식량?

아, 거기 수-퍼죠? 이거 세대주 앞으로 달아 놓고

라면 한 박스, 사발면 한 박스, 빵 20 봉지, 초콜릿 50개, 껌 10통좀 갖다 줘요. 휴지 한통하고요.

내일을 위해

오늘의 계획을 세워요

사람은 불확실한 것을 두려워하죠.
그러니 미래의 어느 날을 두려워하기보다
오늘 내가 해야 할 일을 계획해요.

행운에게
먼저 손을 내밀어요

행운은 기다리는 사람에게 오지 않아요.
행운은 먼저 손을 내미는 사람의 손을 잡아요.
원하는 게 있으면 끈질기게 노력해 봐요.
행운에 손을 내미는 방법이에요. 💜

실패는 과정이에요

실패한 것 같다고 주저앉지 말아요.
실패는 인생의 과정이에요.
과정이 항상 달콤하지는 않아요.
하지만 다음 단계가 당신을 기다리고 있죠.
실패를 견뎌 낸 후 더 성숙해진 당신을요. ♥

쉬운 길이 꼭
정답은 아니에요

사람들은 지름길이나 쉬운 길만 찾아요.
하지만 그러한 길이 꼭 좋은 것만은 아니에요.
사람이 많이 다니는 길에는 특별한 꽃이 피지 않아요.
특별한 꽃은 인적이 드문 곳에 수줍게 피어 있죠.

길을 잘못 든 것 같나요?

갈 곳을 몰라 헤매고 있어요?

그런데 그거 아세요?

헤매고 있는 그 길조차 어디론가

갈 수 있는 길이에요.

헤매고 있는 그 길도 하나의 길이에요.

모든 일에
자신의 의지가
작용하지는 않아요 ♥

난 내가 지구로 올 거라 생각하지 못했어요.
내 의지와 상관없이 이곳에 툭 떨어졌죠.
하지만 내가 아닌 다른 누군가의 의지라는
생각도 하지 않아요.
겨울이 지나면 봄이 오고, 봄이 지나면 여름이 오듯
자연스러운 일이었어요.
비록 내가 선택하지 않았어도
지금 내가 처한 상황을 나는 받아들여요.
이건 나의 의지예요. ♥

다른 사람의 시선 때문에
무언가를
선택하지 말아요

다른 사람은 내 삶을 책임지지 못해요.
나와 가장 가까운 부모, 형제조차
내 삶의 책임자는 되지 못하죠.
만약 무언가를 선택해야 한다면
당신이 진정으로 원하는 것을 기준으로 삼아요.

내가 욕심내는 것이
나에게 정말
필요한 것인가요?

욕심을 부리는 건 나쁘지 않아요.

때로 욕심은 사람을 움직이게 하는 힘이죠.

하지만 욕심의 정체를 파악하는 게 중요해요.

내가 욕심내는 것이

모든 이가 가지고 싶어 하는 것인지

아니면 정말 내가 필요로 하는 것인지

생각해 봐요.

내가 할 수 있는
작은 일부터 시작해요

어느 날 갑자기 큰 성곽을 세울 수는 없어요.
벽돌을 쌓아 올리는 과정이 필요하죠.
그 과정이 때로 미비하고 지루하더라도
결국 하나의 성곽을 완성시키는 일이 될 거에요.

재능은
포기하지 않는
마음이에요

재능은 특별한 무엇이 아니에요.
내가 하고 싶다고 생각한 그것이
재능이에요.
꾸준히 흐르는 강물이 바다에 닿는 것처럼
포기하지 않는다면 당신의 재능도
빛을 발할 거예요.

삶은
흰 도화지에 마음껏 그리는 그림이에요.
나만의 구상과 설계로 밑그림을 그리고
내가 가장 좋아하는 색으로 칠을 할 수 있어요.
삶에 정답은 없어요.

힘든 일이 생겼다고
길을 잘못 든 건
아니에요

힘든 일은 누구에게나 생겨요.
하지만 당장 내가 힘들어 비명을 지르고 싶은데
타인도 힘들다는 사실이 무슨 의미가 있겠어요?
다만, 내가 가는 그 길이 잘못된 것이 아니라
어떤 길에나 있는 힘든 구간을 지나고 있다는 것만
기억해요.

도전해요 도전하고 싶은 게 있다면

미래를 예측하는 가장 좋은 방법은
미래를 만드는 것이에요.
도전은 내가 원하는 미래를
만드는 방법 중 하나예요.

선택할 땐 결과부터 걱정하지 말아요

내가 한 선택이 올바른지 아닌지는
선택의 순간에 알 수 없어요.
중요한 건 내 선택을 후회하지 않도록
최선을 다하는 거죠.

스트레스는 우주 밖으로 방출

힘들 땐 그 공간을
벗어나는 게 좋아요

사람은 힘든 일을 겪은 공간에서
스트레스를 극복할 수 없어요.
그럴 때는 그 공간을 벗어나야 하죠.
스트레스를 받으면 가까운 공원을 산책해 보세요.
아주 멀고 낯선 도시까지 가지 않아도
마음이 편안해지는 걸 느낄 수 있을 거예요.

울고 싶을 땐 울어요

울면 안 되는 이유가 있어요?
마음이 아프거나 슬프면 실컷 울어요.
눈물은 때로 아픈 마음을 씻어 줘요.
울음소리는 때로 슬픔을 멀리 보내 버려요.

울고 싶으면 울어요.
그리고 이렇게 말해 봐요.
"아! 시원해."

슬픔의 구간을
지나는 중이라면

삶의 길을 걷다 보면 온갖 감정의 구간이 나와요.

기쁨, 즐거움, 희망 같은 구간이요.

슬픔도 그런 거죠.

슬픔은 우리 삶의 한 구간일 뿐이에요.

영원한 건 없어요. 만약 지금 슬픔의 구간을

걷고 있다면, 이렇게 말해 봐요.

"인생엔 슬픔만 있는 것이 아니라 슬픔'도' 있는 거야.

그것도 아주 짧은 구간이지."

외로움은 나쁘지 않아요.

외로움은 더럽지 않아요.

그런데도 우리는 외로움을 싫어하죠.

싫어하니까 외로움이 오면 힘들어요.

빨리 내 옆에서 떠나 버리면 좋겠다고 생각해요.

그런데 어느 날 외로움이 먼저 나에게 말을 걸었어요.

"네가 나를 싫어하지 않았으면 좋겠어.

내가 옆에 있다고 해서 힘들지 않았으면 좋겠어.

그냥 인정해 줘.

네가 가지고 있는 수많은 감정 중 하나일 뿐이라는 걸."

세상에 절대적인 것은 없어요 ♥

우리는 때때로 '○○답게'를 강요받아요.
학생답게, 어른답게, 여자답게, 남자답게 등.
수많은 '○○답게'가 우리의 발목에
족쇄를 채우죠.
그런데 이런 족쇄엔 실체가 없어요.
실체가 없는 것으로 스스로를 구속하며
스트레스 받지 말아요. ♥

미래가 보이지 않아
힘든가요?

바로 코앞의 일도 알 수 없는데
먼 미래의 일은 더더욱 알 수 없죠.
그럴 땐 지금 내가 할 수 있는 일만 생각해요.
그냥 지금 이 순간, 현재의 자신에게만 집중해요.

갈림길에서 스트레스를
받고 있나요?

사람은 어떠한 일을 하고 있을 때보다
무언가를 결정해야 할 때
더 많은 에너지를 빼앗기죠.
만약 선택의 길목에 서 있다면
먼저, 맛있고 영양가 있는 음식과
잠이라는 보약까지 챙겨 먹어요.
신체에 건강한 에너지를 가득 채워 넣어야
가장 좋은 선택을 할 수 있어요.

누군가의 비난을
고스란히 견딜
필요는 없어요

비난을 하는 사람은 이렇게 말하죠.
"너를 위해서 해 주는 말이야."
하지만 비난에는 본질적으로 상대방을 상처 입히려는
의도가 내재돼 있어요. 정말 상대방을 위한다면
비난의 방식을 쓰지 않아요.
그러니 상처받지 말아요.
나를 위하지 않는 사람의 말은 그냥 쓰레기통에
넣어 버려요.

누군가에게 비난을 받아서
종일 마음이 무거운가요?

모든 사람이 같은 생각을 하지는 않아요.
누군가 당신을 비난했다면,
그건 그냥 그 한 사람의 생각일 뿐이에요.
일반화시켜 무거운 덩어리를 굳이 업지 말아요. ♥

힘들거나 즐겁거나
모든 것은 자연스럽게
일어나는 일이에요

내겐 힘든 일이 다른 이에게 즐거운 일일 수 있고,
내겐 즐거운 일이 다른 이에게 힘든 일일 수 있어요.
세상엔 힘든 일과 즐거운 일이 있는 것이 아니라
이런 일과 저런 일이 있을 뿐이에요. 💜

내가 가진 것보다
더 좋은 것은 없어요

사물의 가치를 결정하는 건
그 사물에 들인 내 정성과 시간이에요.
타인의 소유물이 내게 어떤 가치도 없는 이유죠.

나쁜 기억은 이렇게 잊어 봐요

나쁜 기억일수록 우리 뇌에 더 오래 머무르죠.
하지만 우리의 뇌는 말을 잘 들어요.
"내일부터는 잊어.
잠자는 동안 나쁜 기억은 사라져라."
이렇게 말해 봐요.
신기하게도 뇌는 우리의 명령을 수행해요.

투명망토를
입고 싶은가요?

투명망토를 입으면 사람들의 시선에서
사라질 수 있어요.
하지만 자기 자신은 알고 있어요.
여전히 그곳에 내가 있다는 것을요.
세상 어디든 도망갈 수는 있지만
결코 나 자신에게선 도망갈 수 없어요.
그러니 투명망토를 입기보다
자기 자신을 다독여 줘요.
"숨지 않아도 돼.
그냥 네가 여기 있는 것만으로도 힘이 돼."

긍정적인 마음이
상황을 변화시켜요

마음만 먹으면
무엇이든 할 수 있다는 것을 믿어요.
마음만 먹으면
아무리 힘든 일도 극복할 수 있다는 것을 믿어요.
그러한 마음이 당신을 움직이게 만들어요.

지혜는 쓸모없는 감정에
맞서 싸우는 힘이에요

지혜로운 사람은
감정에 쉽게 흔들리지 않아요.
자신의 중심을 지키는 힘이 곧
지혜이니까요.

우리가 걷는 길은
사라지지 않아요

길은 항상 거기에 있어요.
다만 우리 스스로 조급할 뿐이죠.
가끔은 멈춰 서서 숨을 고르고
스스로에게 휴식을 줘요.

모든 것은 오고, 가고, 또 와요

올 것은 틀림없이 오고, 갈 것은 틀림없이 가게 되어 있어요.
매년 꽃이 피고 꽃이 지는 것처럼 우리의 삶도 그렇죠.
만약 지금 힘든 상황에 처해 있다면, 적어도 이 상황이
영원히 이어지지 않는다는 것을 믿어요.
이 또한 틀림없이 지나가요.

행복한 우주는

지금 여기에

하루 단위의 목표가
한 달이 되고
일 년이 되는 거예요

우리는 아주 먼 곳에 목표가 있다고 생각하죠.
그래서 그 목표를 향해 열심히 걷고 또 걸어요.
하지만 보이지 않는 걸 향해 걷다 보니
쉽게 지쳐 버리죠.
하루 단위의 목표를 세워 봐요.
오늘 하루가 모여 한 달이 되고
그 한 달이 일 년이 되요.
지나가는 하루가 아니라 쌓이는 하루가 되는 거죠.

어제는 오늘이었고
오늘은 내일이 되죠

어제는 다시 오지 않아요.
내일은 아직 오지 않았어요.
하지만 오늘은 지금 이곳에 있죠.
오늘만이 유일한 우리의 현실이에요.

우리는 열심히 살기 위해
태어난 게 아니에요

잠깐 발걸음을 멈춰 봐요.
한적한 곳에서 호흡을 고르고
열심히 걷느라 아픈 다리를 주물러 줘요.
다른 사람들은 열심히 걷고 있는데
이렇게 쉬어도 되나 죄책감 갖지 말아요.
잠시 멈춘다고 지구가 멸망하지는 않아요.

첫바퀴 같은 일상에
너무 지쳤나요?

가끔은 오롯이 혼자 만의
시간을 가져요
온라인 세상과도 이어지지 말아요.
그냥 자기 자신에게만 집중해요. ♥

만약 지금 당신이
바닥에 떨어진
공 같다는 생각이 들어도

걱정하지 말아요.
공은 튀어 오르게 되어 있어요.
튀어 오를 때의 공은 원래 있었던 곳에서
더 높은 곳으로 올라가죠. 🤍

지금, 행복을
찾고 있나요?

우리의 삶 곳곳에 행복이 있어요.
다만 우린 행복을 찾고서도
그것이 행복인지 모를 뿐이죠.

다른 사람의 행복한 삶이 부러운가요?

행복은 비교 대상이 아니에요.

다른 사람의 행복을 자꾸만 기웃거리면

나를 사랑해 주던 행복마저 도망가 버려요. 🖤

행복은
숨바꼭질을 좋아해요

행복은 장난꾸러기 아이처럼 숨길 좋아하죠.

그렇다고 아무도 찾지 못하게 꽁꽁 숨지는 않아요.

옷자락을 보여서 누구나 쉽게 찾을 수 있도록 해요.

행복의 옷자락은 친구와 보내는 시간,

맛있는 음식을 먹는 시간,

책을 읽는 시간 속에 있을 수도 있어요.

그 옷자락을 살짝 잡아 봐요.

그럼 못 이기는 척, 모습을 드러낼 거예요.

내 마음이
나를 만들어요

내 마음이 먼 곳을 보고 있으면
지금의 나를 보지 못해요.
내 마음이 할 수 없다고 하면
내가 할 수 있는 게 없어요.
내 마음이 나를 사랑하지 않으면
천 명의 사랑을 받아도
나는 사랑받지 못하는 존재가 돼요.

온전히 나를 위한 시간과 공간을 확보해요.
온전히 내가 좋아하는 음식을 먹고
온전히 내가 좋아하는 것을 구입해요.
자기 자신에게 선물을 줄 때만큼은
통 크게 선심을 쓰는 것도 괜찮아요.

꿈꾸기 속에는
지금 이 순간의
행복이 들어 있어요

무언가를 이루는 것보다 중요한 건
무언가를 꿈꾸는 거예요.
꿈을 실현시키는 과정 속에는
즐거움이 담겨 있어요. 💛

인생의 위치는
유동적이에요

대체로 인생은 이곳에 있죠.
하지만 다른 곳을 응시해도 괜찮아요.
꼭 이곳이어야 하거나
꼭 저곳이어야 하는
법칙 같은 건 없으니까요. ♥

나를 둘러싼 현실을
응시해요

사람은 많은 부분에서
이성적인 선택을 하지 않아요.
감성적이거나 직관적인 선택을 하죠.
그렇다고 그 선택이 틀린 건 아니에요.
현실을 응시하는 눈을 통해
감성과 직관을 키워 두었으니까요.

나는
완벽하지 않아요

나는 공룡이기 때문에 완벽하지 않아요.
외계인 도우너도 마찬가지예요.
지구인인 당신도 그래요.
우리 모두 완성된 존재가 아니에요.
그래서 실수도 많고 허점투성이이지만
계속해서 꿈을 꿀 수 있는 거죠.

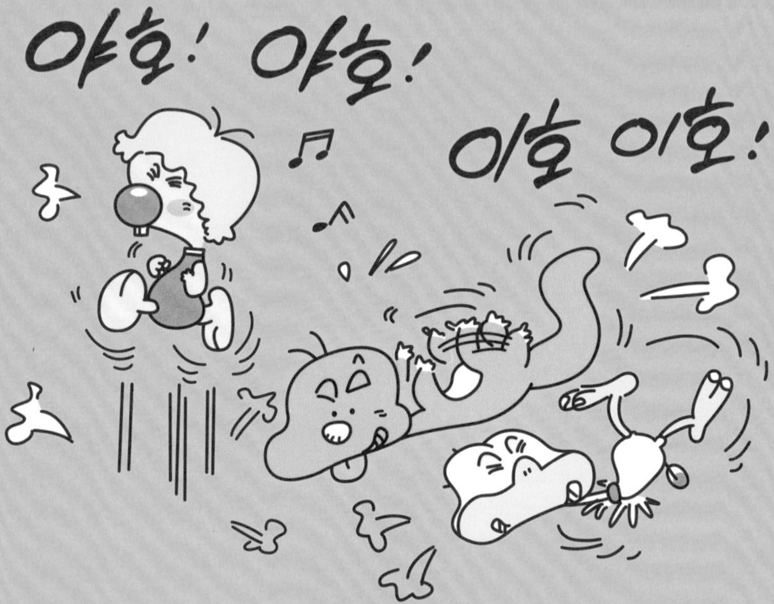
야호! 야호!
이호 이호!

매일매일이
즐거울 수 있어요

소소한 취미 생활을 만들어 봐요.
만화를 읽거나,
자전거를 타거나,
반신욕을 하거나.
그 시간만큼의 즐거움이
당신을 행복하게 할 거예요.

고독을 즐겨요

외로움은 다른 사람과의 관계에서 비롯돼요.
반면, 고독은 내가 이곳에 존재하기 때문에 비롯돼죠.
고독이 찾아들면 견디려 하지 말아요.
혼자서도 잘 있을 수 있는 능력으로 발전시켜요. ♥

당신의 우주는 지금 여기에 있어요

감사해요.
당신의 우주가 오늘도 이 세상에서
잘 살아 내고 있기에
일억 년 후의 지구로 온 나도 행복해요.

다른 우주와의 조우

먼저 마음의 문을
열어요

문을 닫으면 외로워지죠.
혼자 있어 외로워지는 것이 아니라
먼저 문을 열지 못하는 스스로를 견디지 못해
외로워지는 거예요.

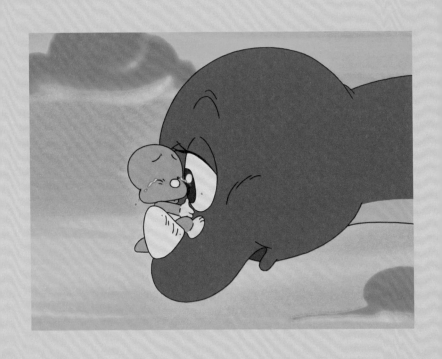

자신을 고립시키지 말아요

나는 홀로 떠도는 섬이 아니에요.

나는 이 넓은 바다에 혼자 있지 않아요.

수많은 섬들이 같은 바다 위에서

하나의 태양을 보고 있죠.

수많은 섬들이 같은 바다 위에서

똑같은 바람을 맞고 있어요.

살짝 옆을 봐도 알 수 있는 일이죠.

홀로 떠도는 섬처럼 자신을 고립시키지 말아요.

바로 옆에 당신을 걱정하는 사람이 있어요.

♥

당신이 사랑해야 하는

첫 번째 상대는

당신 자신이에요

나를 보지 않고서 다른 이를 볼 수 없어요.

나를 사랑하지 않고서

다른 이를 사랑할 수 없어요. ♥

말하지 않으면 몰라요

상대방이 내 마음을
알아주었으면 좋겠다고 생각해요.
상대방이 내 슬픔을
눈치채 주었으면 좋겠다고 생각해요.
내가 그랬어요.
일억 년의 시간을 지나
낯선 지금의 세상으로 와 버린
내 외로움과 슬픔과 두려움을
누군가 당연하게 알아주기를 바랐어요.
하지만 내가 말하지 않는데 어떻게 알겠어요?
말하지 않고 알아주기를 원하는 건
타인의 마음을 시험하는 거예요.
말하지 않고 알아주기를 원하는 건
자기 자신에게 또 다른 상처를 주는 일이에요.
위로받고 싶다면 말해요.
지금 내가 어떠한지.

내가 사랑하는 우주는
인터넷에 없어요

세상엔 수많은 정보가 폭설처럼 쏟아져요.
인터넷에 접속만 해도 필요한 것을 다 알 수 있죠.
하지만 정작 우리가 알아야 하는 마음은
그곳에 없어요.

소셜 네트워크의
보여 주기식 삶에
자신의 삶을 비교하지 말아요

온라인 SNS에 올라온 수많은 글과 사진은
다른 사람에게 보이기 위해 만들어진 세상이에요.
'보여 주기'엔 늘 일정 정도의 거짓말이
양념처럼 들어 있어요.
타인의 시선을 의식한 보여 주기는
완벽한 진실일 수 없어요.

부탁을 들어주지 않아
서운한가요?

부탁은 내게 이익이 되는 일이에요.
반면, 부탁받은 사람에겐 어떤 이익도 되지 않아요.
나의 부탁을 들어주지 않는다고
너무 서운해하지 말아요.

가까울수록 알지
못하는 게 더 많아요

가깝거나 익숙한 것은
그냥 지나칠 때가 많아요.
그래서 우린 멀리 있는 것보다
가까이 있는 것을 더 모르곤 해요.
가끔은 가까이 있는 것을
'낯설게 보기'로 바라보세요.

건강한 신체가
건강한 정신을 만들어요

마음에 상처를 입으면 그 상처에만 집중하게 돼요.
어떻게든 이겨 내고자 자신을 다독이기도 하고,
다른 생각으로 덮어 버리려 애를 쓰죠.
그런데 몸이 건강하지 않으면
이러한 힘을 가지지 못해요.
먼저 자신의 몸부터 챙겨야 해요.

내 시간과 정성은
나를 아끼는 사람에게만
주도록 해요

타인을 미워하고 싫어하는 것에도
시간과 정성이 들어요.
귀한 시간을 부정적인 감정에 소모하지 말아요.
귀한 정성을 싫은 사람에게 쏟지 말아요.
그러기엔 우리의 삶이 너무 짧아요. ♥

모두에게
사랑받을 수는 없어요

모두에게 사랑받을 필요도 없어요.

우린 쇼윈도에 서 있는 예쁜 마네킹이 아니에요.

사랑받지 못할까 눈치 보고 걱정하지 말아요.

오로지 내가 사랑해야 하는 대상이나 일에만 집중해요. ♥

선한 의도도 상대에 따라
다르게 받아들여질 수 있어요

내가 아무리 좋은 뜻으로 한 행동이라도
상대가 기분 나쁘면
그건 나쁜 거예요.
선한 의도를 가지고 있어도
상대의 입장에서 한 번 더 생각해 봐요. ♥

나와 당신은 공감 능력을 가지고 있어요

행복, 즐거움, 두려움, 고통 등의 감정은
사전적 의미로만 설명할 수 없어요.
사람의 감정은 향수와 같아요.
사람의 체취에 따라 향수 냄새가 다르게 나듯
나의 두려움이 당신의 두려움과 같지 않고,
나의 슬픔이 당신의 슬픔과 같지 않아요.
그래서 우리는 외롭다고 느끼죠.
하지만 쌍둥이처럼 똑같아야만
서로를 이해할 수 있는 건 아니에요.
우린 서로의 두려움과 슬픔을 상상할 수 있는
공감 능력을 가지고 있으니까요.

모든 관계의 시작은 마주 보는 거예요

서로의 얼굴을 마주보는 데에서
모든 관계가 시작돼요
이곳에 내가 있는 것처럼 당신도 있어요.
이곳에 당신이 있는 것처럼 나도 있어요.
그리고 우리는 각자의 얼굴을 가지고 있죠.
얼굴을 본다는 것은 서로가 서로를
의식하고 인식한다는 것을 뜻해요. 💜

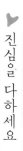

진심을 다하세요

진심엔 상대의 마음을 움직이는 힘이 있어요.

진심은 추상적이지 않아요.

눈빛과 목소리를 통해 드러나죠.

자신의 감정에

더 솔직해도

괜찮아요

작은 일에 노여워하는
스스로를 탓하지 말아요.
당신의 마음이 좁아서가 아니에요.
대부분의 감정은
작은 것들에 닿아 있어요. 💜

각자의 우주는 다르다는 걸 받아들여요

우주는 형체가 없어요.
얼마나 큰지 작은지 알 수도 없어요.
또, 하나로 설명할 수 없는 수많은 별을 품고 있어요.
애당초 같을 수 없어요.
애당초 단순하지도 않아요.
우리의 우주는 그래요.

자존감이 높은 우주

내가 없으면
세상도 없어요

그거 알아요? 내가 있어서 세상이 있어요.
내가 없다면 세상도 없는 거죠.
내가 세상 속에 속해 있는 것이 아니라
세상이 나에게 속해 있는 거예요.

불안 한데요.

뭐가 불안해?

보물을 찾아서 무사히 쩌꾸별을 떠나라는 우리 꼬무 신(神)의 은총이 내린거야.

보물이 있을만한 곳을 찾아보자.

?

쉿. 분위기 있는 놈이 자고 있다. 깨지 않게 조심해.

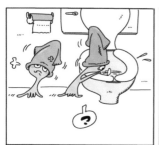

?

쩌꾸인의 목욕탕은 이상하게 생겼군요?

좋은데요.

쏴~

왕자님 왕자 님 살려 주세요.

쏴~

어푸! 어푸!

타인의 삶을
살아 보고 싶다고
생각했나요?

나와 타인의 삶을 비교하지 말아요.

비교는 내가 가지지 못한 것만을 부각시켜요.

내게 필요 없는 것까지 욕망하게 만들어요. ♥

나의 우주를 사랑해야

타인의 우주도

사랑할 수 있어요

나는 도우너와 또치를 사랑해요.

나는 영희와 철수, 희동이를 사랑해요.

심지어 심술맞은 길동 아저씨도 사랑해요.

내 우주가 사랑스럽듯 그들의 우주도 사랑스러워요.

사랑하는 우주가 많아지고 나서야 깨달았죠.

바로 그 때문에 일억 년 뒤의 세상으로 왔다는 것을요.

나를 잘 간직해요

나를 잘못 간직하다간 나를 잃을 수도 있어요.
우리가 진짜 잘 간직해야 하는 건
다른 그 무엇이 아니라
나 자신이에요.

우리는
길의 삼별사예요

우리는 끝없이 많은 길을
걸어왔거나 걸어가야 하죠.
와인을 많이 마시면
와인의 맛을 감별하는 미각이 생기듯
길을 경험하는 건
우리에게 길을 보는 눈을 만들어 줘요.

세상의 기준에
나를 맞추지 말아요

이 세상이 원하는 건

나의 행복이 아니에요.

겉보기에 그럴싸하고 고분고분한 존재를 원하죠.

세상의 기준에 맞춰서는 행복해질 수 없어요.

내 행복은 내 기준으로만 찾을 수 있어요.

당신도 당신만의 주문을 만들어 봐요

도우너는 원하는 것이 있을 때
'깐따삐야'라고 외치죠.
언어는 그 자체로 주술성을 가지고 있어요.
나를 믿는 말은 나의 잠재력을 끌어올려요. ♥

나의 경쟁자는 나뿐이에요

과거의 나 자신을 뛰어넘어요.
나 스스로를 성장시킬 수 있는 경쟁자는
타인이 아니라 과거의 나 자신이에요. ♥

이 생애의 책임은

오로지 나에게 있어요

타인의 말에 귀 기울여 선택한 것조차도
결국 자신의 의지에 따른 결정이에요.
만약 그 결과가 좋지 않더라도
타인을 탓해서는 안 되는 이유이기도 하죠.
이 생애의 책임은 오로지 나에게 있어요.
그 사실을 잊지 않는다면
내게 유익한 선택을 할 수 있을 거예요.

자신의 감정을 외면하지 말아요

내가 나를 외면할 때 마음의 병은 깊어져요.
나의 외면이 상대방에게 상처를 줄까 봐
세심하게 배려하면서
정작 자기의 감정을 외면하고 있지는 않나요?

자존감은
있는 그대로의 나 자신을
인정하는 거예요

못난 나도 나 자신의 한 부분임을
받아들일 줄 아는 사람.
그런 사람은 어떤 순간에도
당당할 수 있어요.

스스로를 비하하는 말은
하지 말아요

설혹 농담에 불과하더라도
듣는 사람들은 당신의 이미지를
당신의 말을 통해 만들어요.

오늘의 나를
어제의 나보다
더 사랑해 주세요

오늘의 나는 어제의 나에서
하루치 더 많은 시간이 탑재되었어요.
하루치 더 많은 사랑도 탑재하세요.

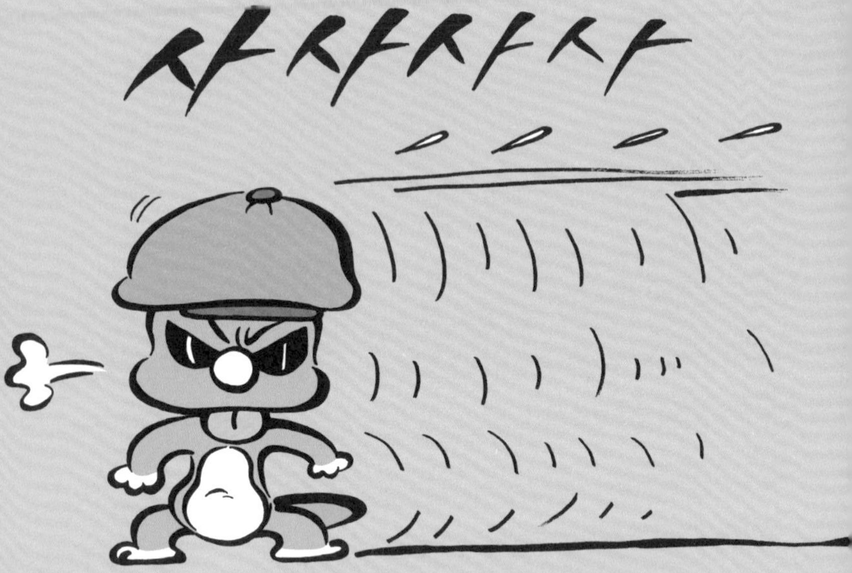

지나긴 일은
빨리 잊어요

생각과 감정에는 집중할수록
헤어 나오지 못하게 되는 마력이 있어요.
이러한 마력에서 벗어나는 가장 좋은 방법은
오늘에 집중하는 거예요.

자부심은 자기 자신을
존중하는 바탕에서만
필수 있어요

누군가를 존경하고,

그 사람을 닮고 싶다고 생각하는 것은 미덕이에요.

하지만 자신을 존중할 줄 아는 일에는

노력이 따르죠.

192

당신의 우주가
늘 빛나지 않아도
괜찮아요

빛을 내기 위해선 에너지가 필요해요.
그런데 사람은 기계가 아니잖아요.
어떻게 항상 에너지를 내뿜겠어요.
쉼표 또한 빛의 일부분이에요.

194

당신의 시선이 모든 것을 만들어요

문득 멈춰 서서 올려다본 하늘이 아름다운 건
그 하늘을 보고 있는 당신이 있기 때문이에요.
당신은 그런 존재예요.

오늘도 수고했어요.
스트레스는
우주 밖으로
날려 버려요! 호잇!

둘리, 행복은 가까이 있어

아기공룡 둘리 원작

초 판 1쇄 발행 2018년 12월 20일
개정판 1쇄 인쇄 2023년 5월 12일
개정판 1쇄 발행 2023년 5월 19일

원작자 김수정
엮은이 김미조
펴낸이 정중모
펴낸곳 도서출판 열림원

출판등록 1980년 5월 19일(제406-2000-000204호)
주소 경기도 파주시 회동길 152
전화 031-955-0700
팩스 031-955-0661   페이스북 /yolimwon
홈페이지 www.yolimwon.com   트위터 @yolimwon
이메일 editor@yolimwon.com   인스타그램 @yolimwon

주간 김현정 책임편집 이서영   마케팅 홍보 김선규 최가인
편집 조혜영 황우정 김민지   온라인사업 서명희
디자인 강희철   제작 관리 윤준수 이원희 고은정 구지영

ⓒ Illustration (주)둘리나라

ISBN 979-11-7040-188-9 04800
     979-11-7040-185-8 (세트)

만든이들_ 편집 서경진 조정우 본문디자인 권순영